Fy nheulu

Fi Huwcyn Hud

Dad

Mam

fy chwaer, Blobi Fach

Huwcyn Hud a'r Ddiod Swyn

Sue Mongredien

Lluniau gan Jan McCafferty

Addasiad Gwenno Hughes

I Tom Powell, cariad mawr oddi wrth Mam x

Argraffiad cyntaf: 2014

(h) addasiad Cymraeg: Gwenno Hughes 2014

Rhif rhyngwladol: 978-1-84527-498-6

Teitl gwreiddiol: *Oliver Moon and the Potion Commotion*

Cyhoeddwyd gyda chymorth ariannol
Cyngor Llyfrau Cymru

Cyhoeddwyd yn wreiddiol yn Saesneg yn 2006
gan Usborne Publishing Ltd, Usborne House,
83–85 Saffron Hill, Llundain EC1N 8RT.

(h) Testun gwreiddiol: Sue Mongredien, 2006.

(h) Lluniau: Usborne Publishing Ltd., 2006.

Cynllun clawr: Olwen Fowler

Cyhoeddwyd yn Gymraeg gan Wasg Carreg Gwalch,
12 Iard yr Orsaf, Llanrwst, Conwy, LL26 0EH.
Ffôn: 01492 642031 Ffacs: 01492 641502
e-bost: llyfrau@carreg-gwalch.com
lle ar y we: www.carreg-gwalch.com

Argraffwyd a chyhoeddwyd yng Nghymru

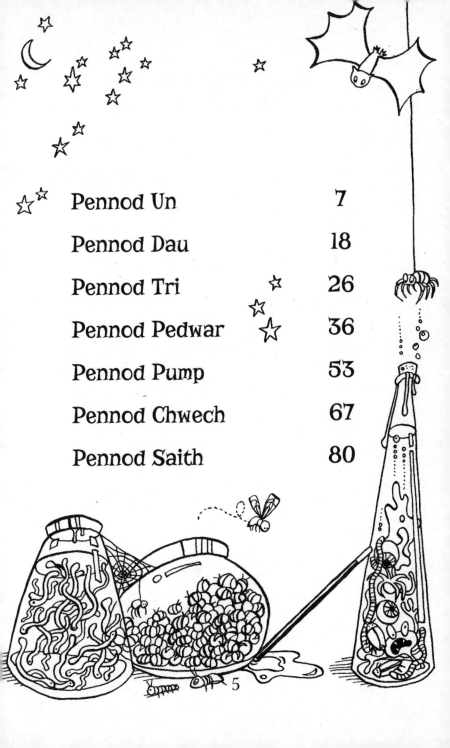

Pennod
Un

Doedd yr un dewin ifanc yn Ysgol Hud a Lledrith yn gweithio'n galetach na Huwcyn Hud.

Roedd yn dda iawn am Fwrw Swynion.

Roedd yn arbennig am Hyfforddi Llyffantod.

Ac roedd yn hedfan ysgub yn . . . wironeddol wych!

"Un o'n myfyrwyr mwyaf addawol."

Dyna ysgrifennodd Mrs Madfall, y brifathrawes, yn ei adroddiad ysgol diweddaraf. "Petai o ond yn llwyddo i berffeithio'i sgiliau gwneud diodydd hud, byddai'n ddewin arbennig."

Ond nid perffeithio'i sgiliau gwneud diodydd hud oedd problem fwyaf Huwcyn. O, na. Gartref roedd ei broblemau mwyaf. Roedd ei fam yn un broblem. A'i dad yn un arall. A bod yn onest, roedd Blobi Fach yn gur pen hefyd.

Gwyddai Huwcyn nad ei fam a'i dad oedd y wrach a'r dewin gorau yn y byd. Ond o leiaf doedden nhw ddim wedi "Troi'n Dda" fel y digwyddodd i rieni Heti Brogabudr.

Doedden nhw ddim chwaith yn codi gwallt pen rhywun fel y gwnâi rhieni Sam Slumddu.

Y Teulu Hud

A doedden nhw ddim yn cadw llygad
barcud arno fel y gwnâi rhieni Pipi Parddu
chwaith.

Na, problem rhieni Huwcyn oedd eu bod yn drybeilig o wael am fod yn *wrach a dewin*. Doedd ganddyn nhw ddim syniad. Roedden nhw'n codi cywilydd ar Huwcyn.

"Dwi ddim yn mynd i drafferthu coginio yn yr hen grochan 'na eto," cwynodd ei dad un diwrnod. Roedd o wedi llosgi'r cawl corryn eto'r noson cynt ac roedd y gegin yn *dal* i fod yn llawn o fwg cyrliog du. "Dwi wedi prynu'r microdon yma yn ei le. Fedrwch chi stemio malwod mewn hanner munud. Drychwch pa mor wych ydi o!"

"Ond Dad, allwch chi ddim paratoi swynion mewn microdon," meddai Huwcyn.

Ond doedd ei dad ddim yn gwrando. Roedd o'n rhy brysur yn cynhesu aeron pigog i fynd efo'r malwod.

PING! canodd y microdon.

"Ping!" meddai Blobi Fach, fel atsain, gan estyn ei llaw fach dew am damaid o fwyd.

"Iym," meddai Mr Hud, gan lyfu'i weflau.

"Dwi ddim yn mynd i wisgo'r het bigfain 'na eto. Dwi newydd gael gwneud fy ngwallt a dwi ddim eisio'i ddifetha fo," meddai mam Huwcyn y diwrnod canlynol.

"Ond Mam, hetiau pigfain sy'n cynhesu'r swynion yn eich pen," atgoffodd Huwcyn hi. "Allwch chi ddim bwrw swyn gyda phen oer!"

Chymerodd ei fam ddim mymryn o sylw ohono. Roedd hi'n rhy brysur yn brwsio'i gwallt gyda'i brwsh o ddrain pigog.

WWSH! oedd sŵn y botel chwistrell gwallt.

"Pw!" gwichiodd Blobi Fach, gan
grychu'i thrwyn.

"Bendigedig," meddai Mrs Hud, gan
wincio arni'i hun yn y drych.

Ac roedd pethau ar fin mynd o ddrwg i
waeth . . .

"Mae dy fam a minnau wedi cael digon ar wisgo hen glogynnau llychlyd," meddai Dad. "Rydan ni eisio gwisgo dillad ffasiynol am unwaith."

Bu *bron* i Huwcyn ddweud wrth ei dad nad oedd pantalŵns piws a chrysau aur sgleiniog yn ffasiynol, ond doedd o ddim eisiau brifo'i deimladau. Yn hytrach,

ceisiodd Huwcyn ei atgoffa fod clogyn a chwifiai yn y gwynt yn rhan bwysig o wisg dewin. "Rhaid chwifio cyn dymuno, Dad," meddai. "Cofio?"

Newidiodd Mr Hud mo'i feddwl. Roedd o'n rhy brysur yn smwddio'i fest oren.

SSSSSH! hisiodd yr haearn smwddio.

"Ych-a-fi!" gwichiodd Blobi Fach wrth i'r lliw llachar ei dallu.

"Perffaith!" llefodd Mr Hud, gan droi yn ei unfan. "Dwi wedi blino ar chwifio cyn dymuno."

Ac am ysgubau . . . doedd Huwcyn ddim eisiau *meddwl* am y rheini, hyd yn oed. Roedd ei fam a'i dad wedi gwrthod mynd yn agos at ysgub ers i'w fam gael damwain gas â choeden gnotiog.

"Ond mae hedfan ysgub yn rhan bwysig

o'n bywydau!" pwysleisiodd Huwcyn.
"Allwch chi ddim bod yn wrach neu
ddewin heb wibio drwy awyr y nos."

"Mae o'n rhy beryglus," dywedodd ei
fam, wrth i ias fynd drwyddi. "Beryg i mi
gael damwain arall."

"Ac mae o'n llawer rhy oer," cwynodd ei
dad gan grynu. "Beryg i mi ddal annwyd.
Dwi'n un drwg am beswch."

"Atishw!" meddai Blobi Fach gan disian
a sychu'i thrwyn ar ei llawes.

Rhythodd Huwcyn arni.

"Beth bynnag, mae gynnon ni gar rŵan,"
meddai ei fam a'i dad fel un. "Ac mae yna
stereo ynddo fo. Alli di ddim gwrando ar
gerddoriaeth ar gefn ysgub, alli di?"

"Dwi wedi cael llond bol," meddai Huwcyn wrth ei ffrind gorau, Brychan Brychnibroga, wrth iddynt gerdded i'r ysgol un bore Llun. "Alla i ddim credu cyn lleied o hud a lledrith sy'n perthyn i Mam a Dad. Ac maen nhw'n mynd o ddrwg i waeth."

"Ella tyfan nhw allan ohono fo," cynigiodd Brychan, gan geisio codi calon Huwcyn.

"Tyfu allan ohono fo? Pryd?" ebychodd Huwcyn. "Mae Mam yn ddau gant a phedwar yn barod. Ac mae Dad yn ddau gant ac ugain mis nesaf. Fyddet ti'n meddwl y basan nhw wedi callio bellach."

Ysgydwodd Huwcyn ei ben. "Na, wnân nhw byth newid. Byth bythoedd, amen!"

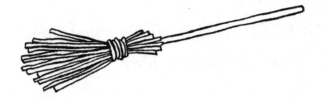

Pennod
Dau

Fel arfer, dydd Llun oedd hoff ddiwrnod Huwcyn. Ond am ryw reswm, roedd popeth yn mynd o chwith iddo heddiw.

I ddechrau, gwnaeth smonach o'i swyn Trawsnewid yn y wers Hud. Yn lle troi Brychan yn frechdan selsig, trodd Mr Croengwydd yn ful.

"Hî-hô!" nadodd Mr Croengwydd, gan guro'i garn yn flin ar y llawr.

"Wps," meddai Huwcyn, gan droi'n goch fel tomato.

Yna, yn ystod y wers Hyfforddi Hedfan

Ysgub, cafodd ei daro oddi ar ei ysgub gan
Bwli Sneipensur. Glaniodd Huwcyn yn y
llyn llyffantod efo SP-LASH anferth!

"Crawc!" crygodd llyffant, gan neidio
allan o boced ei glogyn.

"Go drapia," mwmialodd Huwcyn, gan edrych yn ddig ar Bwli Sneipensur.

Ond amser cinio yr aeth pethau i'r pen, pan agorodd Huwcyn ei focs bwyd a sylweddoli ei fod wedi mynd â chinio'i dad efo fo i'r ysgol mewn camgymeriad.

Yn hytrach na'i hoff frechdan letys ac ystlum, roedd rôl picl a malwen ei dad yn ei focs bwyd. Ac yn hytrach na'i afal-wedi-llwydo arferol, roedd llond dwrn o fwydod mwyar ei dad yn ei focs bwyd. Ac roedd yn *gas* gan Huwcyn fwydod mwyar.

Ar ôl cinio, pan oedd Huwcyn ar fin mynd allan i chwarae pêl-droed benglog gyda Brychan, daeth Mrs Madfall i'r

ffreutur a churo – *Tap, tap, tap* – â gewin hir,
du ar un o'r byrddau.

"Distawrwydd, plis," gwaeddodd.

Aeth pobman yn dawel. Fel arfer, byddai
Mrs Madfall yn gwenu'n hwyliog a
cheisiodd pawb ddyfalu pam roedd hi'n
edrych mor ddifrifol heddiw.

"Huwcyn Hud. Gair. I fy swyddfa i, plis,"

oedd y cwbl ddywedodd hi.

Daeth sŵn ebychiad, "O-O-O-O . . !"

WEDYN sŵn, "NA-A-A-A!"

Yna clywyd sŵn siffrwd clogynnau wrth i bob gwrach a dewin yn y ffreutur droi i syllu ar Huwcyn.

"Mae Huwcyn mewn trwbwl. Mae Huwcyn mewn trwbwl," canodd Bwli

Sneipensur yn gas.

Trodd Huwcyn i edrych arno, ei lygaid yn melltio. Yna cododd yn araf a dilyn Mrs Madfall wrth iddi gerdded i lawr y coridor, ei chlogyn hir yn chwifio y tu ôl iddi.

Oedd o mewn trwbwl? meddyliodd Huwcyn. Oedd Mrs Madfall wedi clywed ei fod wedi troi Mr Croengwydd yn ful?

Cnodd Huwcyn ei wefus. Camgymeriad oedd o, ar ei lw!

Roedden nhw wedi cyrraedd swyddfa Mrs Madfall. Agorodd y drws pren trwm gyda *g-w-i-ch!*

Teimlai Huwcyn fel petai'r falwen a fwytodd yn troi a throsi yn ei stumog. Neu ai nerfus oedd o? Llyncodd yn galed. Chafodd o mo'i alw i ystafell y brifathrawes erioed o'r blaen. Mae'n rhaid ei fod o mewn COBLYN o drwbwl!

Pennod Tri

"Eistedda," meddai Mrs Madfall wrtho.

Crynai coesau Huwcyn cyn iddo eistedd ac edrych o'i gwmpas.

Roedd silffoedd ar hyd y waliau yn llawn o jariau a photeli. Arnofiai nadroedd marw mewn hylif pinc yn un jar. Roedd chwilod yn cropian tu mewn i un arall. Mewn cawell enfawr o dan y ffenest gwichiai llygod mawr â dannedd melyn wrth iddyn nhw neidio o gwmpas.

"CRAWC!" meddai cigfran wrth iddi
lanio ar ysgwydd chwith Mrs Madfall.

Neidiodd Huwcyn mewn dychryn.
Gwenodd Mrs Madfall. "Paid â chymryd sylw
ohoni," meddai, gan anwesu adain sgleiniog
y gigfran. "Ond
mae hi'n un
fach

fusneslyd, yn dwyt ti, fy ffrind bach pluog?"

Yna syllodd ar wyneb gwelw Huwcyn.
"Nefoedd yr adar, ti'n edrych fel taset ti
wedi gweld ysbryd!" llefodd. "Paid â phoeni

– does 'na ddim byd o'i le. I'r gwrthwyneb,
a dweud y gwir!"

Llifodd ton o ryddhad dros Huwcyn. "I'r
gwrthwyneb?"

Chwiliodd Mrs Madfall drwy pentwr o

bapurau ar ei desg. "Ble gadawais i o?" mwmialodd. "Aaa! Dyma fo."

Estynnodd lythyr â llun o het bigfain ddu arno i Huwcyn. "Bydd yn rhaid i ti ei ddarllen o," meddai. "Does gen i ddim *syniad* ble mae fy sbectol i."

Cymerodd Huwcyn y llythyr. Cylchgrawn creu swynion o'r enw *Yr Het Bigfain* oedd wedi'i anfon. Dyma oedd cynnwys y llythyr:

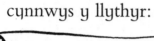

Annwyl Mrs Madfall,

Diolch am enwebu rhai o'ch disgyblion ar gyfer gwobr Dewin Ifanc y Flwyddyn. Mae'n bleser gennym eich hysbysu bod dau ohonynt wedi cyrraedd ein rhestr fer. Eu henwau yw Huwcyn Hud a . . .

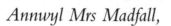

Rhoddodd Huwcyn y gorau i ddarllen. Blinciodd. "Y fi?" gofynnodd. "Ar restr fer Dewin Ifanc y Flwyddyn? Waw!" Doedd Huwcyn ddim wedi teimlo mor gynhyrfus ers y diwrnod y chwifiodd hudlath am y tro cyntaf erioed.

Roedd Mrs Madfall yn gwenu cymaint nes y gallai Huwcyn weld pob un o'i dannedd duon, drwg. "Ie, ti," meddai. "Ti a Llywarch Llwyblygwr. Mae'r holl beth yn hynod o gyffrous. Mae Llywarch eisoes wedi mynd i'r labordy diodydd hud i ddechrau ymarfer."

Pylodd cynnwrf Huwcyn ryw gymaint. "Llywarch Llwyblygwr?" holodd. Roedd o'n mynd i fod yn cystadlu yn erbyn Llywarch Llwyblygwr, prif ddewin yr ysgol a chapten y tîm rasio ysgubau? Enillydd y wobr gyntaf

am y diodydd hud gorau yn yr ysgol bob
un blwyddyn?

Nodiodd Mrs Madfall yn llawen. "Mae tri
dewin o Academi Abracadabra yn cystadlu
hefyd," dywedodd. "Ond ti yw'r dewin
ieuengaf i gael ei roi ar y rhestr fer,

Huwcyn. Mae'n fraint ac anrhydedd, cofia."

Edrychodd Huwcyn ar y llythyr unwaith
eto, ei feddwl yn chwyrlïo.

*Er mwyn dewis enillydd, bydd ein tîm o
feirniaid yn teithio ar hyd a lled y wlad i
gyfarfod yr holl ddewiniaid ifanc a'u
teuluoedd.*

Be-e-eth? Beth oedd y darn diwethaf yna'n
ei olygu?

*bydd ein tîm o feirniaid yn teithio ar hyd a
lled y wlad i gyfarfod yr holl ddewiniaid
ifanc a'u teuluoedd.*

Eu teuluoedd? Roedd y beirniaid yn awyddus i gyfarfod â'i deulu?

"Ydyn. Mae'r beirniaid wastad yn awyddus i gyfarfod â theuluoedd y dewiniaid ifanc," meddai Mrs Madfall fel petai'n darllen meddwl Huwcyn. "Maen nhw eisio gwneud yn sicr eu bod nhw'n dod o deuluoedd dewiniol da. Maen nhw'n edrych ym mhob twll a chornel o'u cartrefi hefyd. Mae hi'n bwysig ofnadwy bod Dewin Ifanc y Flwyddyn yn byw bywyd dewiniol, clodwiw."

"O," ochneidiodd Huwcyn yn ddigalon. Iawn. Felly, nid yn unig y byddai'n rhaid iddo gystadlu yn erbyn Llywarch Llwyblygwr a thri dewin arall, ond byddai'r beirniaid yn cyfarfod â'i fam a'i dad hefyd. Teulu dewiniol da? Dim gobaith caneri.

Plygodd Huwcyn ei ben. Roedd hi wedi canu arno, meddyliodd.

"Bydd yn rhaid i ti ddangos dy allu i fwrw swynion, gwneud diodydd hud a hedfan ysgub – ond dwi'n sicr na fydd hynny'n broblem i ti," eglurodd Mrs Madfall ymhellach cyn astudio wyneb Huwcyn. "Popeth yn iawn, ydi?"

"Ydi," atebodd Huwcyn yn gelwyddog. Ond mewn gwirionedd teimlai mor ddrwg â'r diwrnod hwnnw yr hwfrodd Mam ei gasgliad o lysnafedd llychlyd mewn camgymeriad.

"Penigamp," meddai Mrs Madfall. Yna gwenodd mor llydan nes i un o'i phlorod fyrstio a chwistrellu ei gynnwys dros wyneb Huwcyn. "Pob lwc i ti!" meddai'n hwyliog.

Sychodd Huwcyn y slwj melyn oddi ar ei wyneb â llawes ei glogyn.

"D-diolch," dywedodd, gan geisio mygu ochenaid. Gwyddai y byddai angen mwy na lwc yn unig i gipio teitl Dewin Ifanc y Flwyddyn. A dweud y gwir, byddai angen gwyrth!

Pennod
Pedwar

Ar ôl iddo ddychwelyd adref y prynhawn
hwnnw, ceisiodd Huwcyn weld ei gartref
drwy lygaid y beirniaid.

Roedd yr ardd ffrynt yn llawn o ddanadl
poethion a nadroedd gwenwynig. Dyna
ddechrau da, o leiaf.

Tyfai eiddew gwenwynig uwchben y
drws ffrynt. Hynod o chwaethus.

Roedd cloch y drws yn clochdar yn

arswydus o swnllyd. I'r dim.

Roedd popeth yn hudol hyd yma. Wnâi'r beirniaid ddim dechrau codi bwganod nes iddynt gamu i mewn i'r tŷ.

Beth oedd yr arogl afiach yn y tŷ? *Persawr*

puro aer? YCH–A–FI!

Beth oedd hwnna ar y rhesel gotiau?
Siaced ledr? A sgarff bêl-droed? O, diar!

A phwy oedd honna a wisgai grys-T pinc
a thrywsus byr gwyn, perffaith wrth iddi
lanhau'r gwe pry cop yn y lolfa? Mam
Huwcyn? *Mam* Huwcyn?

Dim het bigfain, dim clogyn? Gwallt glân
a farnais ewinedd pinc? O diar. Am olwg!

Draw yn y gegin . . . pwy oedd hwnna
oedd yn disgwyl i'w bastai benbwl goginio
yn y microdon? *Tad* Huwcyn? Na!

Ble roedd ei *het bigfain* a'i *glogyn?* A'i lyfr
castiau cegin? A pham roedd y crochan mor
llychlyd? A beth gebyst oedd Mr Hud yn
wisgo ar ei ben? Nid . . . nid . . .

. . . *cap pêl fas*, does bosib?

Caeodd Huwcyn ei lygaid wrth i ias

saethu drwyddo. Gallai ddychmygu'r
beirniaid yn edrych arno'n llawn
cydymdeimlad. A beth fydden nhw'n ei
wneud ar ôl gweld ystafell wely Blobi Fach?
Roedd Mam newydd ei pheintio'n biws
golau a phinc! Doedd gan Huwcyn ddim
gobaith o ennill y gystadleuaeth. A byddai
ganddo gymaint o gywilydd!

Agorodd Huwcyn ei lygaid yn sydyn
wrth iddo gael syniad. Roedd pedwar
diwrnod nes i'r beirniaid gyrraedd, yn
doedd? Efallai – efallai – y medrai o gael
trefn ar bethau erbyn hynny . . .

Aeth Huwcyn i chwilio am ei rieni.
Doedd dim amser i'w golli!

★

Pan ddeffrodd Huwcyn y dydd Sadwrn
canlynol, roedd o ar bigau'r drain. Dringodd
allan o'i hamoc gwe pry cop a thynnu tair
anadl ddofn. Heddiw oedd diwrnod
ymweliad y beirniaid!

Gwisgodd Huwcyn ei glogyn piws gorau,
yr un â'r lleuad a'r sêr sgleiniog arno. Yna
gludiodd farf ffug i'w ên a gosod ei het

fwyaf pigfain ar ei ben. Syllodd arno'i hun
yn y drych. Edrychai . . . edrychai'n . . .

"O diar," cwynodd y drych. "Ti'n edrych
braidd yn flinedig, Huwcyn, hen ffrind."

"Huwcyn hyll!" meddai Blobi Fach yn
llawer mwy hy.

Ochneidiodd Huwcyn. Doedd y drych
ddim yn dweud celwydd. Na'i chwaer
chwaith. A doedd hynny'n
ddim syndod.

Roedd Huwcyn newydd gael wythnos brysuraf ei fywyd. Roedd o wedi bod wrthi fel lladd nadroedd yn troi ei dŷ yn un fyddai'n gweddu i Ddewin Ifanc y Flwyddyn.

Daeth â thîm o bryfed cop draw ar frys er mwyn iddynt fedru llenwi pob ystafell â gwe wen, drwchus.

Chwistrellodd ddrewdodwr ym mhobman er mwyn cael gwared ar yr arogl glân.

Glanhaodd Huwcyn y crochan a'i lenwi
â llysiau wedi pydru a phethau marw, fel y
gallai baratoi cinio i'r beirniaid.

Arllwysodd lwydni Chwim-Dwf dros y
carpedi a'i ddyfrio.

Rhoddodd yr holl lyfrau swyn yn ôl ar y
silffoedd.

Roedd o wedi hongian clogynnau'r
teulu ar y rhesel gotiau yn y cyntedd
hefyd. Ac wedi gosod eu hysgubau mewn
llinell daclus wrth eu hymyl.

Edrychai'r tŷ'n llawn o hud a lledrith
unwaith eto, ond dim ond rhan o'r broblem
oedd ei gartref. Roedd Huwcyn wedi
gorfod gwneud i'w rieni a Blobi Fach
edrych yn fwy dewiniol hefyd, a bu

hynny'n dipyn mwy o her.

Y peth cyntaf wnaeth Huwcyn oedd cuddio'u holl ddillad lliwgar, a chap pêl fas Dad, mewn cist, a bwrw swyn ar y clo fel na allai neb ond ef ei agor. Mynnodd fod pawb yn gwisgo clogyn a het bigfain drwy'r amser hefyd. Roedd Blobi Fach yn rhy ifanc i wisgo het bigfain, wrth gwrs, felly taflodd Huwcyn ei bonet binc i'r bin a

daeth o hyd i lyffant cyfeillgar iddi gael ei wisgo ar ei phen yn ei lle.

Roedd Blobi Fach yn hoff o'i het llyffant. Bron na hoffai hi'r het cymaint â'r uwd oedd dros ei dillad.

Y peth nesaf wnaeth Huwcyn oedd mynnu bod ei dad yn parcio'r car mor bell ag y medrai o'r tŷ. Byddai'n rhaid iddynt deithio ar eu hysgubau, hyd yn oed os oedden nhw'n rhynnu.

Yna cuddiodd Huwcyn ficrodon Dad trwy ddefnyddio swyn diflannu. Byddai'n rhaid paratoi pob pryd yn y crochan.

Y peth olaf a wnaeth Huwcyn oedd cyfnewid pob potel o siampŵ, swigod bath a phast dannedd â saim gwallt llysnafeddog, swigod bath sglyfaethus a phast pydru dannedd.

Roedd Huwcyn hefyd wedi ymarfer gofyn cwestiynau tebyg i'r rhai fyddai'r beirniaid yn debygol o'u gofyn i'w rieni. Roedd ei fam a'i dad yn awyddus i'w helpu ond doedden nhw ddim yn dda iawn am gofio'r atebion cywir i'r cwestiynau.

Penderfynodd Huwcyn gael un ymarfer olaf dros frecwast.

"Felly, Mam, sut dach chi'n mynd i gyfarch y beirniaid pan maen nhw'n cyrraedd?" gofynnodd Huwcyn.

Meddyliodd mam Huwcyn yn ofalus cyn ateb. "Dwi'n mynd i ddweud, 'Dewch i mewn, tynnwch eich 'sgidiau. Pwy sy eisio paned o de perlysiau hyfryd?'"

Tagodd Huwcyn ar ei greision ŷd chwilod. "Na! Nid dyna mae gwrach yn ei ddweud. Triwch eto!"

Crychodd Mrs Hud ei thalcen wrth iddi feddwl. "Mmm. Beth oedd yr ateb cywir eto?" Yna goleuodd ei hwyneb. "Wn i! Dweud, 'Dewch i mewn, sychwch eich traed mwdlyd ar y carped, os gwelwch yn dda.'"

"Sneips, sneips, sneips," mwmialodd Blobi Fach i mewn i'r het llyffant.

Nodiodd Huwcyn. "Da iawn, y ddwy ohonoch chi," meddai. "Dad?"

Cnodd Mr Hud ei dafell o dost adain ystlum yn feddylgar. "Ym . . . Dwi'n mynd i ddweud, 'Helô 'na! Pwy fyddai'n hoffi sgon a jam blasus?'" cynigiodd.

Rhoddodd Huwcyn ei ben yn ei ddwylo a griddfan. "Na, Dad! Meddyliwch!"

"Jeli drewi, jeli drewi," llafarganodd Blobi Fach gan rwbio uwd i mewn i'w haeliau.

"Dyna welliant," meddai Huwcyn yn

frwdfrydig. "Dad?"

Crafodd Mr Hud ei ben gan wneud i'w
het bigfain syrthio i'r llawr. Yna cofiodd.
"Dwi am ddweud, 'Pwy fyddai'n hoffi darn
o gacen pry lludw?'" meddai, gan edrych yn
falch iawn ohono'i hun.

"Da iawn," meddai Huwcyn gydag

ochenaid o ryddhad. "Plis ceisiwch ddweud
y pethau cywir!"

Ar hynny, gwasgodd rhywun gloch y
drws ffrynt, a llanwyd y tŷ â sŵn clochdar.

AH-HA-HA-HA-HA-HA!

"Dyna gyffyrddiad cartrefol hyfryd,"
meddai llais y tu allan i'r drws ffrynt.

Dechreuodd calon Huwcyn guro'n
gyflym. Roedd y beirniaid wedi cyrraedd!

Pennod
Pump

Agorodd Huwcyn Hud y drws ffrynt i weld
y tri beirniad yn sefyll yno.

Roedd y beirniad cyntaf yn dew a
blewog, gyda'r farf wen hiraf a welodd
Huwcyn erioed. Roedd ganddo ddannedd
du a blew yn tyfu o'i drwyn. "Fi yw
Gwyddno Gwasgwrdwylo," meddai gan
wasgu llaw Huwcyn mor galed nes crensio'i
figyrnau.

Roedd yr ail feirniad yn dal a thenau. Roedd ganddi wallt arian, hir a sbectol hanner lleuad. "Fi yw Gwennan Gam," meddai gyda gwên dyner.

Roedd gan y trydydd beirniad un llygad las ac un werdd, croen oedd yn rhychau i gyd a saith bys ar bob llaw. Heblaw am ambell sypyn o wallt gwyn fflwfflyd, roedd hi cyn foeled ag wy estrys. "Fi yw'r Henbeth Hynod," meddai.

Teimlai Huwcyn ar bigau'r drain mwyaf sydyn. Roedd y beirniaid wedi dod yma, i'w gartref, i weld a oedd o'n ddigon da i fod yn Ddewin Ifanc y Flwyddyn. Am brofiad arswydus!

Yna clywodd Huwcyn lais wrth ymyl ei fferau. "Sychwch eich traed!" gorchmynodd Blobi Fach, gan geisio rhoi trefn ar bawb.

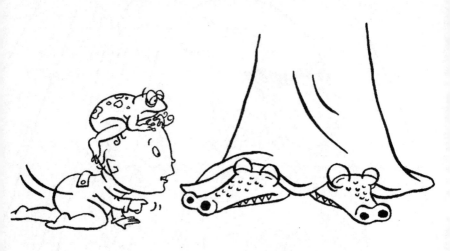

Pesychodd mam Huwcyn. "Ia, dyna ro'n
innau ar fin ei ddweud. Ym . . . dewch i
mewn – sychwch eich traed budr ar y
carped, os gwelwch yn dda!"

Rhoddodd Huwcyn winc ar Blobi Fach,
wrth iddi chwifio'i llaw fach dew ar y
beirniaid. "Jeli drewi," meddai'n gyfeillgar.

Gwenodd Mr Hud fel giât. "Mae hynna'n
fy atgoffa i. Hoffai unrhyw un ddarn o

gacen pry lludw?
Newydd eu lladd a'u
rhostio bore yma."

"Swnio'n
fendigedig," crawciodd
yr Henbeth Hynod, gan
sychu ei hesgidiau croen crocodeil dros y
carped i gyd.

Neidiodd Huwcyn wrth i lygad un o'r
esgidiau crocodeil agor yn sydyn a wincio
arno. "Ym . . . Dewch drwyddo i'r gegin,"
llwyddodd i'w ddweud, a'i ben yn troi.

"Am ystafell hudol hyfryd," meddai
Gwyddno Gwasgwrdwylo, wrth iddo gamu
drwy'r pyllau dŵr llawn llysnafedd ar lawr
y gegin.

"Am grochan gwych," ychwanegodd
Gwennan Gam. "Ai un araf-ferw ydi o?"

"Ie," clywodd Huwcyn ei dad yn ei hateb.
"Hwnna fyddwn ni'n ei ddefnyddio i
goginio popeth," ychwanegodd gan sythu'n
falch. "'Dan ni'n draddodiadol iawn pan
mae hi'n dod i goginio, yn tydan,
Huwcyn?" ychwanegodd gan roi winc arno.

"A dweud y gwir, mae Huwcyn eisoes wedi paratoi cinio. Caserol cyrff marw ydi o, dwi'n meddwl."

"O, arbennig," crawciodd yr Henbeth Hynod. "Fy ffefryn."

"Pw," cytunodd Blobi Fach, gan fwydo llygoden fawr farw i geg esgidiau crocodeil yr Henbeth Hynod.

Tynnodd Huwcyn anadl ddofn, gan weddïo y gallai ei deulu greu argraff dda. "Hoffech chi weld gweddill y tŷ?" gofynnodd yn foesgar.

★

"Mae gynnoch chi gasgliad gwych o lyfrau swynion," meddai Gwyddno Gwasgwrdwylo wrth iddynt gerdded o gwmpas y tŷ ychydig funudau'n ddiweddarach. "Mae Huwcyn yn lwcus iawn i gael rhieni mor addysgedig."

"Rydan ni'n gwneud ein gorau," meddai Mrs Hud wrtho, gan fflyrtio'r mymryn lleiaf.

"Welais i eich ysgubau yn y cyntedd," nododd Gwennan Gam. "Mae gynnoch chi gasgliad da iawn yn fan'na."

"Does dim byd gwell na thrip ysgubau i'r teulu," meddai Mr Hud gan wenu.

"Car," gwaeddodd Blobi Fach yn uchel, cyn i Huwcyn edrych yn llym arni.

"Car DRWG," meddai Blobi Fach, gan dorri gwynt a gwenu.

"Ydi, drwg iawn," ychwanegodd Mrs

Hud yn gyflym. "Dwi erioed wedi deall
pam mae pobl yn gyrru o gwmpas yn yr
hen bethau yna . . . heblaw bod yna stereos
ynddyn nhw . . . Dyfais ardderchog,"
ychwanegodd, gan edrych
yn freuddwydiol.

Safodd Huwcyn
yn galed ar
droed ei fam.

"Aww!"
gwichiodd.

"Neu o leiaf
dyna glywson
ni," meddai
Mr Hud yn
gyflym. "Yntê, fy mhry lludw annwyl?
Rŵan, beth am rywbeth i'w fwyta?"

★

"Caserol blasus iawn, fachgen," meddai'r
Henbeth Hynod wrth
Huwcyn ar ôl iddi
lowcio plataid
enfawr ohono.
"Ai hen rysáit
deuluol ydi hi?"
"Dad a fi
ddyfeisiodd hi efo'n
gilydd," atebodd Huwcyn, gan groesi'i
fysedd o dan y bwrdd. Fentrai o ddim
dal llygad ei dad.

"Ardderchog. Dyna dwi'n hoffi ei weld –
dewiniaid hŷn yn pasio gwybodaeth
ymlaen i'r genhedlaeth nesaf," meddai'r
Henbeth Hynod. Yna torrodd wynt dros y
lle nes gwneud i'r bwrdd grynu a llenwi'r
ystafell â tharth gwyrdd.

"Iym," meddai Blobi Fach, wedi gwirioni, gan geisio dal y tarth â'i dwylo bach tew.

Edrychodd Gwyddno ar ei oriawr. "Byddai'n well i ni symud ymlaen at y profion hud a lledrith rŵan, Huwcyn," meddai. "Profion swynion i ddechrau. Yna symudwn ymlaen at y diodydd hud."

"Wrth gwrs," atebodd Huwcyn yn nerfus. Roedd o wedi bod mor brysur yn paratoi'r tŷ − a'i rieni − ar gyfer yr ymweliad fel na chafodd o fawr o amser i ymarfer gwneud y profion hud.

"Reit 'ta," meddai Gwennan. "Gadewch i ni weld a wyt ti wedi meistroli'r swyn Trawsnewid yn ddigon da i 'nhroi i'n frechdan selsig."

Bu bron i Huwcyn riddfan yn uchel wrth iddo gydio'n ei hudlath. Y swyn

Trawsnewid? Yr union swyn aeth o chwith yn yr ysgol fore Llun!

"Porcws . . ." dechreuodd Huwcyn yn araf, "dorcws . . . brechdanws . . . sels—" Stopiodd yn sydyn. Nefoedd yr adar! Dyna roedd o wedi'i ddweud pan drodd Mr Croengwydd yn ful. Allai o ddim gwneud yr un camgymeriad heddiw!

Edrychodd Huwcyn o gwmpas y gegin, gan wneud ei orau i gofio beth oedd Mr Croengwydd wedi'i ddweud, ar wahân i "Hî-hô". Yna gwelodd esgid yr Henbeth Hynod yn llyfu'i weflau yn eiddgar.

Cododd Huwcyn ei hudlath eto, gan deimlo'n hyderus yn sydyn. "Porcws . . . BLASUSWS . . . brechdanws . . . selsigws!" llafarganodd, gan chwifio'i hudlath.

Curodd pawb eu
dwylo wrth i
frechdan selsig
flasus yr olwg
ymddangos ar y
bwrdd.

"Www!"
gwichiodd Blobi
Fach, gan estyn ei llaw fach dew am y
frechdan.

"Swyn – dad-wna! Cyn i hyn fynd o
chwith!" llafarganodd Huwcyn ar wib.
Doedd o'n bendant ddim eisiau i'w chwaer
fwyta'r beirniad! Chwifiodd ei hudlath yn
frysiog – ychydig yn rhy frysiog.
Gwasgarodd lwch hud i bob cornel o'r

gegin,
ac yna, er
dychryn i Huwcyn,
clywodd swn PING!

Pennod
Chwech

Prin y gallai Huwcyn fentro edrych. Roedd gwrthrych gwyn, cyfarwydd wedi ymddangos y tu ôl i'r beirniaid. Roedd ei swyn nid yn unig wedi dad-wneud y swyn Trawsnewid, ond roedd o wedi dad-wneud y swyn a wnaeth i'r microdon ddiflannu hefyd! Pe gwelai un o'r beirniaid y microdon, byddai Huwcyn yn cael ei ddiarddel o'r gystadleuaeth gan fod pawb yn gwybod nad oedd dewiniaid go iawn yn defnyddio microdonau!

Cuchiodd Gwyddno Gwasgwrdwylo a rhoi ei ben ar un ochr. "Ddywedodd rhywun rhywbeth?" gofynnodd.

"Roedd o'n swnio fel PING!" meddai Gwennan, gan sychu sos coch o'i gwallt wrth iddi ailymddangos yn y gegin.

"PING?" holodd yr Henbeth Hynod mewn penbleth. "Neu PONG?"

"Y prawf diodydd hud sydd nesaf, ie?" holodd Huwcyn gan geisio troi'r stori.

PING!

"Dyna fo eto," meddai Gwennan. Yna rhewodd Huwcyn wrth iddi droi a gweld y microdon. Aeth pawb yn arswydus o dawel. "Gobeithio nad microdon ydi'r peiriant yna," meddai mewn llais oeraidd.

Crynodd Huwcyn. "Ym . . ." baglodd dros
ei eiriau. Sut roedd o'n mynd i egluro *hyn*?

"Na," meddai gan feddwl yn chwim.
"Wel, ie. Ond rydan ni'n ei ddefnyddio fel
. . . peiriant paratoi
diodydd swyn."

"Fel *beth*?"
gofynnodd
Gwyddno,
gan godi un
ael flewog.

"Fel p . . . p . . ."

Baglodd Huwcyn dros ei eiriau. Roedd
hi'n anodd siarad wrth i Gwyddno rythu
arno'n amheus.

"Peiriant paratoi diodydd swyn," torrodd
tad Huwcyn ar eu traws yn hwyliog.
"Sylwoch chi ddim arno'n gynharach? 'Dan

ni'n falch iawn ohono, tydan, Huwcyn?
Gallwch ei ddefnyddio i dwymo pob math
o bethau – ystlumod, llyffantod, perlysiau . . .
Mae'n berffaith ar gyfer paratoi diodydd
swyn. Dylai fod un gan bob dewin
modern."

Bu distawrwydd o gwmpas y bwrdd wrth
i'r beirniaid syllu ar ei gilydd. Edrychodd
Huwcyn yn ddiolchgar ar ei dad.

"Am syniad penigamp!" crawciodd yr
Henbeth Hynod, â gwên yn goleuo'i
rhychau. "Dyfeisgar iawn, Mr Hud."

"O, peidiwch â 'nghanmol i. Huwcyn
feddyliodd amdano," meddai Mr Hud, gan
roi braich falch o amgylch ei fab. "Dod â
hud a lledrith i'r unfed ganrif ar hugain ydi
nod Huwcyn."

Teimlodd Huwcyn guriad ei galon yn

arafu. Roedd o wedi dod allan o dwll!
Roedd o . . .

"Dwi'n edrych ymlaen at dy weld di'n ei
ddefnyddio ar gyfer y prawf diodydd swyn,"
meddai'r Henbeth Hynod ar ei hunion.
"Gadewch i ni ddechrau."

Rhewodd gwên Huwcyn. Roedd ei geg
yn sych grimp. Doedd o *ddim* wedi dod
allan o dwll o gwbl. Doedd o erioed

wedi defnyddio microdon dwl ei dad o'r blaen! "Wrth gwrs," meddai, gan lyncu'n galed. "Beth hoffech chi i mi ei baratoi ynddo?"

"Diod hud gwasgu plorod, plis," atebodd Gwyddno Gwasgwrdwylo gan chwarae â phloryn blewog ar ei foch. "Gadewch i ni weld a alli di wneud i'r ploryn hyfryd yma ffrwydro!"

Tynnodd Huwcyn anadl ddofn. Roedd y ddiod swyn gwasgu plorod yn her a hanner. Pe câi ei pharatoi'n gywir, gallai ffrwydro ploryn ar wyneb pwy bynnag a yfai'r ddiod. Ond pe câi ei pharatoi'n *anghywir*,

yna gallai chwythu barfau, amrannau ac
aeliau i ebargofiant hefyd. A gwyddai
Huwcyn na fyddai ffrwydrad gwalltog yn y
gegin yn creu argraff ffafriol ar y beirniaid!

Crynai bysedd
Huwcyn wrth iddo
estyn am ei
gynhwysion.

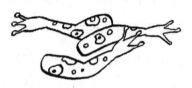

Coesau madfall – tair.
Plu cigfran – dwy.
Wyau lindys wedi'u

malu – un llond
llwy de. Aeron
pigog aeddfed –
pump . . . o diar . . .

Wrth i Huwcyn
agor drws yr oergell

74

i estyn am yr aeron pigog, llyncodd yn galed wrth iddo'u gweld nhw ym mhen pella'r oergell, ger y blwch rhew – wedi rhewi'n un lwmp caled.

"PING!" canodd Blobi Fach yn llawen.

Syllodd Huwcyn ar y microdon yn obeithiol. Allai o ei helpu mewn gwirionedd? Byddai'n rhaid iddo roi cynnig arni.

"Byddai aeron pigog wedi'u rhewi'n difetha'r ddiod swyn," meddai Huwcyn yn awdurdodol, gan geisio swnio fel petai'n deall y cyfan. "Ond os twyma i nhw yn y microdon am ... ym ... bum munud," meddai, gan ddyfalu'n wyllt, "yna ..."

"*Eiliad ...*" meddai'i dad dan ei wynt.

"Pum eiliad, dwi'n feddwl," meddai Huwcyn, gan gerdded yn gyflym at y microdon, fel na allai'r beirniaid ei weld yn cochi, "yna dylai weithio'n berffaith."

Rhoddodd Huwcyn yr aeron wedi'u rhewi yn y meicrodon a chau'r drws. *Beth nesaf?* meddyliodd. Sut oedd troi'r peiriant hurt 'ma ymlaen?

Gwthiodd y botwm rhif 5 yn obeithiol. Ddigwyddodd dim byd.

"Wrth gwrs, mae'r microdon yn cymryd eiliad neu ddwy i ddod YMLAEN," meddai ei dad, yn awgrymog.

Gwelodd Huwcyn y botwm "YMLAEN" ac fe'i pwysodd yn gyflym. *Whyrr* . . . suodd y microdon. *Whyrr* . . . *whyrr* . . . *PING!*

Agorodd Huwcyn ddrws y microdon yn araf, ei galon yn dyrnu. Roedd yr aeron pigog wedi dadmer ac roedd eu tymheredd yn berffaith. Hwrê! Roedd o wedi gweithio!

"Fel y gwelwch, mae'r aeron pigog yma'n berffaith ar gyfer diod swyn!" meddai, gan ddangos yr aeron i'r beirniaid.

"Gwych," meddai Gwyddno, gan nodio'i ben yn frwdfrydig.

"Rhagorol!" cytunodd Gwennan.

"Bydd rhaid i mi gael un o'r peiriannau yna," meddai'r Henbeth Hynod yn feddylgar.

Aeth Huwcyn i'r afael â'i ddiod hud.
Tywalltodd yr holl gynhwysion i mewn i
sosban a'u twymo ar y stof. Dyma droi'r
cymysgedd deirgwaith, ei guro â'i hudlath a
mwmial, "Ffrwydrabloryn, ffrwydrabloryn,
ffrwydrabloryn." Yna mewn llais tawel

ychwanegodd, "Plis."

Dechreuodd y ddiod hud sgleinio a throdd yn biws ac arian wrth chwyrlïo yn y sosban. Roedd yn barod!

Tywalltodd Huwcyn y ddiod i mewn i gwpan a'i estyn at Gwyddno Gwasgwrdwylo.

Syllodd Gwyddno ar y ddiod a'i harogli. Yna llyncodd y cyfan.

Daliodd Huwcyn ei wynt. Beth oedd yn mynd i ddigwydd? Fyddai ei ddiod swyn ffrwydro ploryn yn llwyddo, tybed?

Pennod
Saith

Ddigwyddodd dim am ychydig eiliadau.
Yna, yn sydyn dechreuodd y ploryn blewog
ar wyneb Gwyddno ddisgleirio'n felyn
llachar – a ffrwydro. Hedfanodd cynnwys y
ploryn yn slwj gludiog drwy'r awyr a
glanio'n glatsh ar y bwrdd.

Daliodd Huwcyn ei wynt, gan hanner
disgwyl i aeliau a barf Gwyddno ddilyn ond
fe arhoson nhw ar ei wyneb. Roedd o wedi
llwyddo!

Torrodd Gwyddno wynt yn uchel.

"Arbennig," meddai wrth Huwcyn gan wenu.

Taflodd Blobi Fach ei het llyffant i'r awyr a glaniodd honno gyda gwich ofnus ar y bwrdd. "Da, Huwcyn!" gwaeddodd gan guro dwylo.

Allai Huwcyn ddim peidio â gwenu mewn rhyddhad. Roedd y panic diodydd hud ar ben!

Aeth gweddill ymweliad y beirniaid yn ei flaen yn ddiffwdan, er i Huwcyn gael un foment erchyll yn ystod y prawf hedfan ysgub pan fu bron iddo daro'n erbyn y goeden gnotiog. Ond ar y cyfan fe wnaeth o'n dda a daeth yr ymweliad i ben – o'r diwedd!

"Diolch," meddai Gwyddno wrth fynd o'r tŷ. "Rydan ni wedi gweld y pum dewin ifanc sydd ar y rhestr fer erbyn hyn, felly rydan ni'n eich gadael chi er mwyn gwneud ein penderfyniad."

"Anfonwn ni amdanoch pan fyddwn ni'n barod i gyhoeddi enw'r enillydd," ychwanegodd Gwennan. Yna chwifiodd ei hudlath a diflannodd y tri beirniad.

"Da iawn ti, Huwcyn," meddai ei fam, gan ei gofleidio'n dynn. "Roeddet ti'n anhygoel!"

"Diolch, Mam, diolch Dad," atebodd Huwcyn. "Roeddech chi'n wych hefyd. Croesi bysedd– "

Ond cyn iddo allu gorffen ei frawddeg, nadreddodd cwmwl

o lwch hud arian drwy'r awyr tuag at y teulu Hud.

"Roedd hynna'n sydyn," meddai Mr Hud yn gegagored. "Mae'n rhaid bod y beirniaid wedi dewis enillydd yn barod!"

Lapiodd y cwmwl arian ei hun o'u hamgylch a throdd yr ardd yn niwl o flaen llygaid Huwcyn. Teimlodd ei hun yn hedfan drwy'r awyr – cyn iddo lanio gyda chlonc mewn neuadd grand. Edrychodd o'i gwmpas a gweld y pedwar dewin ifanc arall oedd ar y rhestr fer yn glanio gerllaw, gyda'u teuluoedd hwythau. Roedden nhw ar lwyfan mawr, a phob tro y glaniai rhywun, curai'r gynulleidfa eu dwylo'n frwdfrydig.

Edrychodd Huwcyn draw ar y pedwar dewin arall. Doedd 'run ohonynt yn edrych mor nerfus ag *o*. A dweud y gwir, gwenai'r

pedwar yn hyderus. Mae'n rhaid eu bod
nhw i gyd wedi gwneud yn dda iawn, iawn!

Bu distawrwydd wrth i'r tri beirniad
ymddangos ar y llwyfan mewn pwff o fwg
arian.

Gwenodd Gwennan ar y gynulleidfa.
"Mae'n bleser gen i gyhoeddi bod y tri
ohonom yn gwbl gytun ynglŷn â phwy
ddylai ennill cystadleuaeth Dewin Ifanc y
Flwyddyn eleni," meddai mewn llais uchel.
"A'r enillydd ydi . . . Llywarch Llwyblygwr!"

Plygodd Huwcyn ei ben. Dylai fod wedi
rhag-weld y canlyniad. Sut

goblyn y dychmygodd y byddai o byth yn curo Llywarch?

Clapiodd pawb wrth i Llywarch fynd i gasglu ei dlws.

Rhoddodd Mrs Hud ei braich o amgylch Huwcyn. "Paid â phoeni," meddai, gan ei gusanu ar dop ei ben. "Rydan ni'n falch iawn ohonot ti."

"Llywarch llipryn," mwmialodd Blobi Fach yn flin, gan dynnu'i thafod arno.

"Dim ond un peth bach arall," meddai Gwennan ar ôl i bawb

ddistewi. "Rydan ni wedi penderfynu rhoi gwobr ychwanegol eleni i'r dewin sydd wedi dangos y mwyaf o addewid ar gyfer y dyfodol. Gan iddo lwyddo i ddod â chyffyrddiad modern i'n byd o hud a lledrith, mae'r wobr yn mynd i . . . Huwcyn Hud, am ei beiriant paratoi diodydd swyn!"

Digwyddodd llu o bethau cyffrous ar ôl hynny. Cafodd Huwcyn ysgub aur yn wobr a thynnodd ffotograffwyr *Yr Het Bigfain*, *Y Dewin Dyddiol* a'r *Diodydd Hud Llesol* ei lun. Hedfanodd dewin o'r orsaf deledu leol draw i'w ffilmio ef a Llywarch ar gyfer bwletin newyddion y noson honno, hyd yn oed.

Yna, cyn gyflymed ag y dechreuodd, daeth y cyfan i ben a chludwyd pawb yn ôl adref. Roedd hi'n amser dychwelyd i'w bywydau bob dydd.

YR HET BIGFAIN

Huwcyn Hud
arloesol
gyda'i wobr

Y Dewin Bach Blaengar

"Faswn i byth wedi llwyddo hebddoch
chi, Mam a Dad," meddai Huwcyn yn
hapus, y diwrnod canlynol. Roedd y tri
ohonynt yn yfed sudd pryfed genwair yn y
gegin tra bwytai Blobi Fach wlithod yn ei
chadair uchel. Gwenodd Huwcyn arnynt.

"Felly does dim angen i chi wisgo'ch clogynnau a'ch hetiau rŵan, os nad ydach chi eisio. Ac fe allwch chi ddod â'r car yn ei ôl hefyd, Dad."

Edrychodd rhieni Huwcyn ar ei gilydd.

"Wel . . ." meddai mam Huwcyn.

"A dweud y gwir . . ." dechreuodd tad Huwcyn.

Oedodd y ddau. "A bod yn onest, dwi'n eitha mwynhau hedfan ysgub unwaith eto," meddai Mrs Hud, gan gyffwrdd ei chlustdlysau pryfed cop. "Ro'n i wedi anghofio cymaint o hwyl oedd rasio gwylanod. Y gwynt yn suo drwy'ch gwallt. Syrffio cymylau . . ."

"Wiii!" ychwanegodd Blobi Fach.

Lledodd llygaid Huwcyn mewn syndod. "O," dywedodd. "Grêt!"

"A dweud y gwir, ro'n i wedi anghofio pa mor gyfforddus ydi clogyn," cyfaddefodd tad Huwcyn. "Roedd y pantalŵns yna . . . wel, roedden nhw braidd yn dynn, a dweud y gwir. A dwi'n mwynhau teimlo fy nghlogyn yn chwifio y tu ôl i mi unwaith eto."

"CHWIFIO!" bloeddiodd Blobi Fach.

Lledodd llygaid Huwcyn yn fwy fyth. "Iawn," meddai. "Mae hynna'n wych! Felly dach chi am fod yn wrach a dewin henffasiwn, traddodiadol o hyn ymlaen?"

Bu distawrwydd am funud.

Yna clywsant sŵn PING!

Cododd tad Huwcyn. "Bron iawn," meddai dan wenu. "Ydi pawb eisio gwlithod ar dost o'r microdon i swper?"

Y DIWEDD

Beth am ddarllen rhagor o anturiaethau Huwcyn Hud?